W9-BIJ-330

My name is :

Je m'appelle :

. . . .

Piccolia

À L'ATTENTION DES PARENTS ET DES PROFESSEURS

Cette collection a été spécialement conçue pour accompagner les enfants jusqu'à 6 ans dans la découverte de l'anglais. Pour se familiariser avec l'accent anglais et aider à prononcer les mots, écoutez gratuitement et autant de fois que vous le voulez la version audio de ce livre, réalisée par un professeur originaire d'Angleterre.

La traduction en français présente sur chaque page assure une meilleure compréhension de l'histoire. Le texte est volontairement court pour être facile à mémoriser et surtout ne pas les décourager.

La mise en page a également été adaptée : elle met toujours en évidence les correspondances entre les phrases anglaises et leur traduction, permettant aux jeunes lecteurs de se repérer plus facilement dans l'histoire.

Les mots-clés sont répétés pour que leur sens et leur prononciation soient assimilés plus facilement.

À la fin du livre, un dictionnaire imagé reprend les termes et les expressions importantes.

N'hésitez pas à les lire et à les faire répéter à voix haute.

Ce livre devient alors un outil idéal pour apprendre une langue étrangère à son rythme.

Illustrations : Martin Ursell
© 2005 b small publishing
Tous droits réservés.
© 2016 **Éditions Piccolia**
5, rue d'Alembert
91240 Saint-Michel-sur-Orge
Dépôt légal : 3ᵉ trimestre 2016
Loi n°49-956 du 16 juillet 1949
sur les publications destinées à la jeunesse.
Imprimé en Espagne.

SPACE
POSTMAN

LE
FACTEUR
DE
L'ESPACE

Piccolia

Captain Crater climbs into his spaceship.
He is the space postman.

Le capitaine Cratère monte dans son engin spatial.
Il est facteur spatial.

He turns the blue dial to the left

Il tourne la manette bleue à gauche

and the yellow dial to the right.

et la manette jaune à droite.

He presses the green button:

Il appuie sur le bouton vert :

GO!

PARTEZ !

BLAST OFF!

Whoosh! He takes off into the sky.

Zoum ! Il s'en va dans le ciel.

His first stop is Planet Fizz.
He has a letter for Princess Shush.

Son premier arrêt est la planète Fizz.
Il a une lettre pour la Princesse Shush.

It's an invitation to a wedding.
She is very happy.

C'est une invitation à un mariage.
Elle est très contente.

Second stop: Planet Ooloo.
He has a parcel for Farmer Flop.

Deuxième arrêt : la planète Oulou.
Il a un colis pour Flop, le fermier.

12

It's a big book.
He is very happy.

C'est un grand livre.
Il est très content.

Next stop is Planet Astro.
He has a postcard for Blop.

Le prochain arrêt est la planète Astro.
Il a une carte postale pour Blop.

Oh, no!
Oh, non !

On the way, the door opens...
En route la porte s'ouvre...

... and the post bag falls out!
...et le sac postal tombe !

Captain Crater lands on Planet Astro. But there is no post bag.

Le capitaine Cratère se pose sur la planète Astro.
Mais il n'y a pas de sac postal.

"I am going to look for it, he says to Blop. But I will come back."

« Je vais aller le chercher,
dit-il à Blop. Mais je reviendrai. »

He flies east.

Il va à l'est.

He flies west.

Il va à l'ouest.

He flies north and then south.

Il va au nord et puis au sud.

But he can't find
the post bag anywhere.

Mais il ne trouve le sac postal nulle part.

"Bleep, bleep, bleep," his phone rings.

« Blip, blip, blip », son téléphone sonne.

"Hello, hello. It's the space police.
"We have found a post bag...

« Allô, allô. C'est la police spatiale.
Nous avons trouvé un sac postal...

... hanging from a star!"

...accroché à une étoile ! »

Captain Crater is very happy.

Le capitaine Cratère est très content.

Blop's postcard is from his twin brother, Blip.

La carte postale de Blop
vient de son frère jumeau, Blip.

"He's arriving tomorrow on the Space Bus!" Blop is very happy.

« Il arrive demain par le bus spatial ! »
Blop est très content.

Petit dictionnaire illustré

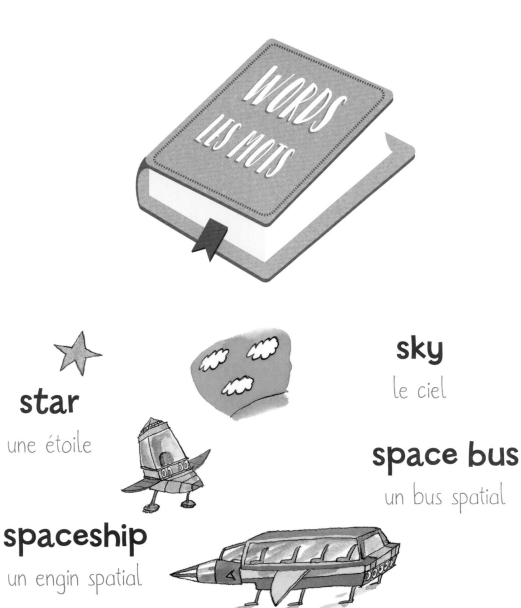

star

une étoile

sky

le ciel

space bus

un bus spatial

spaceship

un engin spatial

postman
le facteur

happy
content/contente

parcel
un colis

post bag
un sac postal

letter
une lettre

postcard
une carte postale

book
un livre

north
nord

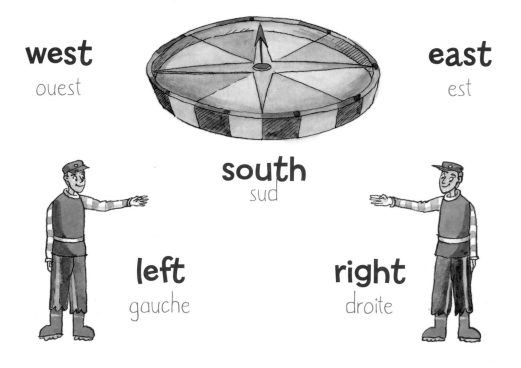

west
ouest

east
est

south
sud

left
gauche

right
droite

blue
bleu/bleue

yellow
jaune

green
vert/verte

ÉCOUTE ALISON ET ENTRAÎNE-TOI !

Le facteur spatial
Space postman
Le capitaine Cratère monte dans son engin spatial.
Captain Crater climbs into his spaceship.
Il est facteur spatial.
He is the space postman.
Il tourne la manette bleue à gauche
He turns the blue dial to the left
et la manette jaune à droite.
and the yellow dial to the right.
Il appuie sur le bouton vert :
He presses the green button:
PARTEZ !
GO!
C'EST LE LANCEMENT !
BLAST OFF!
Zoum ! Il s'en va dans le ciel.
Whoosh! He takes off into the sky.
Son premier arrêt est la planète Fizz.
His first stop is Planet Fizz.
Il a une lettre pour la Princesse Shush.
He has a letter for Princess Shush.
C'est une invitation à un mariage.
It's an invitation to a wedding.
Elle est très contente.
She is very happy.
Deuxième arrêt : la planète Oulou.
Second stop: Planet Ooloo.
Il a un colis pour Flop, le fermier.
He has a parcel for Farmer Flop.
C'est un grand livre.
It's a big book.
Il est très content.
He is very happy.
Le prochain arrêt est la planète Astro.
Next stop is Planet Astro.
Il a une carte postale pour Blop.
He has a postcard for Blop.
Oh, non ! En route la porte s'ouvre...
Oh, no! On the way, the door opens...
...et le sac postal tombe !
... and the post bag falls out!
Le capitaine Cratère se pose
Captain Crater lands
sur la planète Astro.
on Planet Astro.
Mais il n'y a pas de sac postal.
But there is no post bag.
« Je vais aller le chercher », dit-il à Blop.
"I am going to look for it,"
he says to Blop.
« Mais je reviendrai. »
"But I will come back."
Il va à l'est. Il va à l'ouest.
He flies east. He flies west.
Il va au nord et puis au sud.
He flies north and then south.
Mais il ne trouve le sac postal nulle part.
But he can't find
the post bag anywhere.
« Bip, bip, bip », son téléphone sonne.
"Bleep, bleep, bleep", his phone rings.
« Allô, allô. C'est la police spatiale. »
"Hello, hello. It's the space police."
« Nous avons trouvé un sac postal...
"We have found a post bag..."
...accroché à une étoile ! »
... hanging from a star!"
Le capitaine Cratère est très content.
Captain Crater is very happy.
La carte postale de Blop
Blop's postcard
vient de son frère jumeau, Blip.
is from his twin brother, Blip.
« Il arrive demain par le bus spatial ! »
"He's arriving tomorrow on
the Space Bus!"
Blop est très content.
Blop is very happy.